35. Recklinghäuser

Autorennacht 2022

NEUE
LITERARISCHE GESELLSCHAFT
RECKLINGHAUSEN

35. RECKLINGHÄUSER AUTORENNACHT

5. NOVEMBER 2022

35. Recklinghäuser Autorennacht 2022
Herausgeber: NLGR e. V. - Neue Literarische Gesellschaft Recklinghausen e. V.
www.nlgr.de, www.autorennacht.de
© 2022 der vorliegenden Ausgabe: NLGR e. V.
© 2022 Die Rechte liegen bei den jeweiligen Autorinnen und Autoren.
Alle Rechte vorbehalten.
Satz und Umschlag: Ralf Kropla
Umschlagbild: Markus Jöhring
Herstellung und Verlag: BoD - Books on Demand, Norderstedt

ISBN 978 3 756 84180 6

Autorinnen- und Autorenwettbewerb

der Neuen Literarischen

Gesellschaft Recklinghausen e. V.

Texte der Endrunde

Die 35. Recklinghäuser Autorennacht

Liebe Leserin, lieber Leser,

hiermit halten Sie die Beiträge in Händen, die es beim Schreibwettbewerb zur 35. Vestischen Literatur-Eule, dem »Autorennacht-Preis der Sparkasse Vest Recklinghausen« 2022 in die Endrunde geschafft haben. Wir gratulieren an dieser Stelle schon einmal sehr herzlich zu diesem Erfolg!

In diesem Jahr war der Wettbewerb erneut für Autorinnen und Autoren aus dem Bundesland Nordrhein-Westfalen geöffnet.

Zum Zeitpunkt der Drucklegung dieses Textbandes standen nur diejenigen Kurzgeschichten und Gedichte fest, die für die Abschlussveranstaltung ausgewählt wurden, nicht aber, welche Autorin bzw. welcher Autor am Ende den Jurypreis, den »Autorenacht-Preis der Sparkasse Vest«, erhalten wird.

Wir möchten folgenden Personen und Institutionen ganz herzlich für ihre Arbeit und Unterstützung danken:

- den Jurymitgliedern der 35. Recklinghäuser Autorennacht: Martina Bialas, Gudrun Güth (als Vorsitzende(, Britta Spengler, Monika Wischnowski und Markus Jöhring (als Sieger des Vorjahres),

- der Sparkasse Vest Recklinghausen für ihre finanzielle Unterstützung,

- Markus Jöhring für das Eulenbild,

- allen Mitwirkenden der Neuen Literarischen Gesellschaft Recklinghausen und der Altstadtschmiede Recklinghausen für ihren organisatorischen Einsatz

- und nicht zuletzt den Autorinnen und Autoren, die ihre Texte eingereicht haben und somit die Autorennacht überhaupt erst möglich machen!

Herzliche Grüße,

Stephan Schröder (Vorsitzender der NLGR)

Die Texte der

35. Recklinghäuser

Autorennacht 2022

Inhalt

Sina Damerow

Die Schmetterlinge kehren zurück

Der Eingang war verschlossen, es fehlte das Schloss, weil der Sommer keine Falter flattern ließ und das Grün sich seit Jahren gräulich gebärdete, das Dickicht sich nicht lichtete und wenn es versuchte, das Hindernis zu durchdringen, die Dornen die Haut ritzten.

Der Eingang war verschlossen, weil im Frühjahr der Gärtner zu viel Unkrautvernichter gegen den wilden Wuchs verschüttete, die früh verlorene Sau im Chor der Säue grunzte und der Taktstock des Zuchtmeisters so gern den Radetzkymarsch dirigierte.

Der Eingang war verschlossen, weil der Urknall zwar schon lange über den Gräbern verklungen war, aber das Heulen der Granaten den Wölfen die Melodie ins Hirn geschlagen hatte.

Der Eingang war verschlossen und der Raum dahinter war in tiefes Dunkel gehüllt, niemand kannte den genauen Ort der Höhle, niemand wusste, was sich in der Höhle verbarg, niemand wollte wissen, was in der Höhle gefangen war.

Niemand und es eigentlich auch nicht.

Der Eingang war verschlossen, es gab keinen Schlüssel, weil es keine Tür gab, nie gegeben hatte und niemals geben wird. Irgendwann hatte ein Beben den Zugang verschüttet und nur, wenn es fast windstill war, kein Laut die Stille störte, und das Schwarz auch kein noch so vorsichtiges Tappen erlaubte, dann glaubte es etwas zu hören, das wollte stören, das wollte zerstören, das wollte betören. In diesen Augenblicken wuchs das unbändige Verlangen, den Eingang frei zu legen, aber es ließen sich die Steine im Eingang nicht darauf ein zu weichen, es gab keinen, der sich auch bei größter Anstrengung herausbrechen lassen wollte.

Es hörte Sirenen singen und ihr Gesang sägte an den Krücken, die einen aufrechten
Gang ermöglichten, ohne ein echtes Rückgrat zu besitzen. Der Wunsch, den Gesang der Sirenen verstehen zu wollen, wuchs und marterte, wenn die Musik der Massen verblasste.
Nur die Steine ließen sich mit bloßen Händen nicht entfernen.

Mit den Jahren tauchten Helfer auf, die besaßen Werkzeuge und lehrten es sie zu gebrauchen. Die Werkzeuge hatten keine Griffe, sie bestanden nur aus Worten. Nicht Abrakadabra, nicht Simsalabim, auch kein Sesam öffne dich, kein Hokus, kein Pokus, kein Fidibus, es waren Werkzeuge, die die Sinne schärften, die Fragen formulieren halfen, die Denkschranken aufbrachen, die Tränenschleusen öffneten, die das Unmögliche zu denken zuließen. Damit fiel Stein für Stein und es wurde ein Weg erkennbar.
An seinem Rand schimmerte zwischen altem knorrigen Waldwuchs zartes Mai Grün, das nach jedem vorsichtigen Schritt schneller wuchs und den Weg verengte, beim Vorwärtsschreiten reiften die Blätter, das Licht verblasste, aber in dem Augenblick des ersten Aufbrechens spiegelte das Licht seine junge,

noch zaghafte Lebendigkeit fröhlich in die Augen des brüchigen Lebens, das es aufsaugte, sich erfreute über das frische unschuldige Neue.

Die energisch aufdringliche, extreme Farbe erinnerte an den Beginn des Werdens. Das kontrastierte mit den tief vergrabenen Irrtümern und Unmündigkeiten, den Erlebnisbergen, die überwunden wurden, den zugewachsenen dunklen Höhlen, erinnerte an Blessuren und Narben, die sich die Seele dabei zugezogen hatte und erinnerte an die Unsicherheit, wenn neue Berge erklommen werden mussten, von denen ungewisse Gefahren zu drohen schienen.

In der Ferne war bald ein Schatz mit Diamanten und Gold zu erkennen, schwimmend in Pech und Schwefel, es roch nach Wiese und Verwesung und es zogen dunkle Wolken auf und immer wieder erkämpfte sich die Sonne ihren Platz. Es war geblendet vom Glanz und dem Gesang, es war entsetzt vom Dunkel und dem Gestank. Das Schöne wollte sie sich holen, er sollte dahin gehen, wo der Teufel wohnt, aber damit hätte sie ihre Vergangenheit gestohlen, sich mit einer eigenen Lüge nur belohnt. Die Höhle war ein Fluch und ein
Segen, sie gab Antworten auf nicht gewusste Fragen und half das Schicksal mit Verstand und Vernunft angemessen zu ertragen, und je öfter die Höhle betreten wurde, desto weniger störte der Gestank und verblasste der Gesang und die Schmetterlinge kehrten zurück.

Aber konnte sie den Schmetterlingen trauen, die da plötzlich in ihrem Kopf herumflatterten? Das neue Wissen erklärte viel, aber die Realität, in der sie sich seit über 50 Jahren bewegte, hatte Fundamente errichtet, hatte Häuser gebaut, die auf den Fundamenten ruhten, hatte Menschen Namen gegeben, hatte

Namen den Weg ins Herz geöffnet, hatte ein Wir werden lassen, ein Wir, das die Höhle auch nicht kannte und das die Höhle niemals hätte kennen lernen dürfen, denn dadurch wurde das Wir eine Illusion, obwohl es echt wirkte und auch echt war, aber nicht wirklich. Sie war leichtfertig. Sie war irritiert. Sie dachte, vielleicht. Sie dachte, ja und dass sie es sagen muss. Sie hoffte, dass die Fundamente und die vielleicht falschen Mauern fest genug sein würden; sie hoffte und entschied sich für die Wahrheit, auch wenn danach alles zusammenbrechen würde; länger hätte die nicht bewusste Unwahrheit, die noch keine Lüge war, nicht weiterbestehen dürfen, denn dann wäre sie zur Lügnerin geworden.

Die Wahrheit hatte sie gefunden und sie wollte keine Schauspielerin sein, sie wollte von dem Tag an das sein, was sie war, denn sie hatte unter der lange verschwiegenen Wahrheit gelitten, die sie wahrscheinlich schon vor vielen Jahrzehnten ausgesprochen hatte und die der Zuchtmeister nicht zulassen konnte, die Wahrheit, dass sie ein Mädchen ist, auch wenn sie einen Penis hat.

Die Mutter konnte ihr damals nicht helfen, die hatte die Lüge in frühester Kindheit erfahren. Die Mutter war vier, als der ausgestreckte Arm der Massen die Richtung wies und ihr beigebracht wurde, dass die Lüge wahr oder etwas falsch sein konnte, auch wenn es die Wahrheit war. Die Wahrheit zu sagen, konnte schon immer leichtfertig sein. Sie war noch zu klein und was leichtfertig ist, wusste sie noch nicht, aber die Folgen hatte sie zu spüren bekommen.

Sie hatte ihre Wahrheit in der Höhle vergraben. Jetzt war die Wahrheit zurückgekommen und hatte alles in Frage gestellt. Aber die Wahrheit erschütterte das Gebäude nur sehr heftig, konnte es jedoch nicht vollständig zerstören, denn die meisten Bausteine waren robust, weil sie nie leichtfertig ausgesucht wurden. Die Bruchstellen und die weggebrochenen Teile sind sichtbar und werden bleiben, und es werden neue Elemente eingefügt. Es entsteht ein neues Haus; wann es fertig wird, wird die Zeit zeigen.

Marcel Ifland

Bummsbeats

»Nein!«, rufe ich überdeutlich und schlage die Tür zu.

»Aber es ist DIE Idee!« schreit Basti mir durch meine geschlossene Haustür entgegen.

»Jaja«, denke ich mir. DIE Idee hat Basti täglich. Ich erinnere mich dunkel an diesen Sommer, in dem wir auf Bastis Geheiß einen Roadtrip über den Balkan machten, der für mich auf einer kroatischen Landstraße unter seinem Opel Kadett endete, wo ich verzweifelt versuchte, den abgerissenen Auspuff-Endtopf mit einem Gürtel zu befestigen. Ein Unternehmen, welches ebenso schief ging wie Bastis App für die 12.000 besten Rezepte für und mit Sachertorte, das Beagle-VZ, wo sich Hundehalter der Region untereinander vernetzen sollten, sowie Bastis glorreiche Idee, auf den Stufen des Petersdoms die Sozialistische Räterepublik auszurufen, was uns Hausverbot im Vatikan einbrachte.

Ich atme tief durch und öffne die Tür.

»Geht doch!«, stellt Basti erfreut fest und schlüpft an mir vorbei. Er trägt ein Keyboard unter dem Arm, stellt es im Wohnzimmer auf und macht sich anschließend an meinem Laptop zu schaffen. Ich schaue ihm fragend nach und übersehe beinahe Jill, die mit leicht gequältem Gesichtsausdruck in der Tür steht. Über ihrer Schulter hängt eine Sporttasche, gefüllt mit Mikrofon- und Tontechnikequipment. Ich schaue direkt in Jills Gesicht. Das grüne Augenpaar hinter den Brillengläsern schreit »Es war nicht meine Idee, Kumpel.«

»Die Kurzfassung, bitte!«, rufe ich in den Raum

»Nun...«, sagt Basti im verschwörerischen Unterton eines Bond-Bösewichts, während er sich quietschend in meinem Bürostuhl sitzend zu mir umdreht.

»Hast du zuletzt mal Radio gehört?«

»Nur wenn ich weinen will.« antworte ich wahrheitsgemäß.

»Genau darauf will ich hinaus«, sagt Basti. »Ist dir aufgefallen, dass alles, was an neuen Liedern gespielt wird, komplett dem gleichen Schema entspricht? Alles komplett die gleiche Rotze! Aber die Sender spielen es in einem durch. Irgendwie stehen die komplett auf Sinnentleerung und künstlerische Blutarmut. Und genau das ist unsere Chance!«

»Du meinst...?«, setze ich zögernd an.

»Genau! Es war noch nie so einfach, einen Radiohit zu produzieren. Also machen wir das jetzt und sahnen kräftig ab!« Basti breitet die Arme aus, als würde er darauf warten, dass ich ihn ob seiner genialen Idee begeistert anspringen würde. Mache ich aber nicht.

»Ist das dein Ernst?«, frage ich stattdessen

»Es ist piepeinfach!« Bastis Augen bekommen diesen manischen Glanz, der immer dann sichtbar wird, wenn er von seinen Ideen über jedes Level der Vernunft überzeugt ist. »Wir kriegen diesen Hit hier und heute ganz leicht fertig«, sagt Basti wie zur Selbstbestätigung.

»DU bist leicht fertig!« antworte ich. In meinem Kopf blenden Flashbacks auf. Buntbehoste Leute mit

Federhelmen komplimentieren mich vom Peters-
platz.

»Du willst nicht ernsthaft hier und jetzt Musik
produzieren, die keiner von uns ausstehen kann, weil
du glaubst, dass du damit ins Radio kommst!? Und
DU..., ich zeige auf Jill, »warum machst DU da eigentlich mit? Du hasst diese Art von Musik doch
auch.«

»Ich glaube, Robin Schulz und Felix Jaehn hassen
diese Art von Musik auch. Oder eher Musik generell.
Anders ist nicht erklärbar, was die da so völlig uniro-
nisch veröffentlichen«, sagt Jill schulterzuckend und
tippt mit den Fingern auf das Logo der schwedischen
Alternative-Rockband, deren T-Shirt sie gerade trägt.
»Aber der Punkt ist: Solange wir DAS HIER machen,
kommt Basti auf keine noch dümmere Idee, die er uns
aufzwingen kann.«

Wo sie Recht hat ...

Wir beginnen mit unserer schändlichen Arbeit.
Jene beginnt bei der Basis – der »Musik« selbst. In
den letzten zwanzig Jahren hat die Popmusik sich
musikalisch arg vereinfacht. Alle »unnötigen« In-
strumente wurden nach und nach gestrichen, sodass
es heute zumeist reicht, einen einfachen Bummsbeat
aus dem Drumcomputer durchlaufen zu lassen, ver-
einzelt ein paar Keyboardeffekte hinzuzufügen und
den Rest von den Vocals übernehmen zu lassen. Die
echten Experten aus der obersten DJ-Liga sind
allerdings bereits dazu übergegangen, auch den
letzten Funken Eigenleistung einzusparen und geben
Lieder aus den 1990er Jahren – inklusive des kom-
pletten Originalgesangs – rudimentär mit einem zu-
sätzlichen der bereits oben erwähnten Bummsbeats
bestückt als ihre neue Eigenkomposition aus. Die
Originalinterpreten hatten für gewöhnlich seit 25
Jahren keinen eigenen Hit mehr, weshalb sie die

akustische Nachvergewaltigung ihrer mumifizierten Machwerke mit Blick auf die Resttantiemen gern hinnehmen – oder sie sind bereits weit genug weg vom Musikbusiness, um überhaupt noch mitzubekommen, was gerade im Radio vor sich geht.

Wir aber entscheiden uns für eine Eigenkomposition. – Die Aufnahme beginnt;

Jill tippt wiederholt mit zwei Fingern auf ein paar wahllos ausgewürfelte Tasten auf dem Keyboard, Basti legt anschließend mit einer 70 Euro teuren Musicsoftware auf meinem Laptop ein monotones Puff-Puff-Puff darüber. Da es inzwischen (wie alle fünfzehn Jahre) wieder modern ist, alles nach den Grausigkeiten der 80er klingen zu lassen, wird alle 25 Sekunden ein Sample dieses immer gleichen Synthieriffs aus jedem einzelnen Diskohit der 80er hinzugefügt. Das ist nostalgisch, so holen wir die WDR2-Hörer ab. Fertig. Nach zwanzig Minuten ist Part 1 unseres Unternehmens abgeschlossen. Mein Einwand, des guten Gewissens wegen vielleicht noch eine handgemachte Gitarrenspur einzubauen wird abgelehnt. Zu ungekünstelt.

Ich habe mich derweil bemüht, einen passenden Songtext zu schreiben. Ich hatte erst überlegt, die beliebte Böhmermann-Methode zu verwenden und ein Rudel Schimpansen aus dem Zoo wahllose Kalendersprüche zu Liedtexten montieren zu lassen. Einen Anruf im Allwetterzoo Münster später steht jedoch fest, dass die Affen gerade an einem neuen Mark Forster-Album sitzen. Folglich muss ich selbst ran und fabriziere einen englischen Text, der aus nichtssagenden Einzeilern und sehr vielen »uuuuuuuuhs« und »oooooohs« besteht, die durch stete Wiederholung auf eine Länge von dreieinhalb Minuten gestreckt werden.

Jill schafft es erst im fünften Durchlauf, das Ganze

einzusingen, ohne zu lachen oder aus Scham unterbrechen zu müssen, doch auch hier ist nach einer Dreiviertelstunde alles im Kasten. Bingo! Wir sind noch vor der Tagesschau fertig und versenden den fertigen Mix an Radiosender und Plattenfirmen.

Wir haben uns den schmissigen Namen »Bloody Mary Disco-Projekt 256 feat Lea S. & DJ Eisgekühlter Bommerlunder« gegeben. Den Beobachtungen nach sind Interpretennamen inzwischen ja auch vollkommen egal geworden. Von nun an warten wir darauf, zu den MTV Music Awards eingeladen zu werden. Doch es passiert nichts.

Zwei Monate später:
»Nein!«, rufe ich überdeutlich und schlage die Tür zu.
»Aber es ist DIE Idee!«, schreit Basti mir durch meine geschlossene Haustür entgegen und schiebt die Flugtickets nach Rom durch den Türschlitz hindurch.

»Wir sind noch nicht fertig mit denen! Guck dir die doch mal an! Wenn wir es dieses Mal etwas ernster angehen, haben die mit ihren Hellebarden keine Chance gegen die Kraft der Revolution!«, tönt es aus dem Treppenhaus.
Ich versuche das Getöse zu überblenden und schalte das Radio ein. Jills Stimme schallt mir entgegen. Zum vierten Mal heute. Sie spielen unseren Song rauf und runter. Doch wir haben keinen Cent dafür gesehen, - denn keiner weiß, dass es unser Lied ist.

»Und das war mal wieder Robin Schulz mit seiner aktuellen Single« verkündet der Radiosprecher und moderiert anschließend neues Material von Mark Forster – direkt aus dem Affengehege – an.
Die erste Plattenfirma hatte direkt nach unserer

Einsendung das Band an Robin Schulz geschickt. Dieser hatte den Beat um einen Halbton erhöht, Jills Stimme mit Autotune versehen und es anschließend erfolgreich als seine neue Single veröffentlicht.

Basti hatte Recht. Es war wirklich noch nie so leicht, einen Hit zu produzieren. Von ihm zu PROFITIEREN steht allerdings auf einem anderen Blatt.

Ich atme tief durch, greife die Flugtickets und öffne die Tür.

Bastis Ideen mögen hirnverbrannt sein.

Besser als das Radioprogramm sind sie trotzdem allemal.

Kerstin Liemann

SchwereLos

»Ja sagen Sie mal – was ist denn in Sie gefahren?«
Offensichtlich verhielt sich der Gemütszustand
seiner Chefin konträr zu seinem eigenen. »Sind Sie
von allen guten Geistern verlassen? Wie können Sie
so aus der Form fallen?« Er setzte sich zunächst
einmal auf den freien Stuhl ihr gegenüber. Scheinbar
brachte sie das noch höher auf die Palme, vermutlich
hätte sie es lieber gesehen, wenn er vor ihr stehen
geblieben wäre wie ein Sextaner, der auf die verdien-
ten Rohrstockhiebe wartet.

»Arschgeige!«, brüllte sie und katapultierte dabei
aufgrund der Heftigkeit des Ausbruches kleine Spei-
cheltröpfchen an die Plexiglasscheibe, die damit als
Aerosolbremse einen prima Job machte. Fasziniert
vom Anblick des feuchten, bläschenbehafteten Aus-
wurfes schwieg er wohl einen Augenblick zu lange,
sodass das Gespräch weiterhin darauf warten musste, eines zu werden: Sie hielt an der monologischen
Kommunikation fest. »Wie können Sie so etwas zu
einem Schüler sagen? Los, sagen Sie was!«

»Nun«, sagte er und blickte mit einem sanften Lächeln in die Augen seiner Schulleitung, die, wie er
bemerkte, einen bedrohlichen Rötungsgrad aufwie-
sen und seinen freundlichen Blickkontakt nicht
erwiderten. »Das war im Grunde ganz einfach: Ich

sagte zu ihm: ›Arschgeige‹.« Er fand, dass die reine Sachinformation erst einmal das Beste sein würde. Quasi, um eine gleichberechtigte Informationsebene herzustellen. Ganz offensichtlich traf dies nicht jedoch den Nerv seines Gegenübers.

»Wollen Sie mich verarschen?«, presste sie hervor. Nun, das lag ihm fern. »Selbstverständlich nicht«, ließ er sich daher nicht lange Zeit mit einer Antwort, »ich habe nur gesagt, wie es war.«

»Aber«, und als sei sie auf der Suche nach etwas Greifbarem, fuchtelte sie dabei mit ihren Händen sinnfrei in der Luft herum, »das kann doch nicht alles gewesen sein. Da muss doch was passiert sein. Herrschaftszeiten, das kenne ich doch so gar nicht von Ihnen.« Sie sammelte sich und schien einen innerlichen Kampf auszufechten, irgendetwas zwischen nervlichem Zusammenbruch und einem übrig gebliebenen Fünkchen Hoffnung auf Vernunft.

»Was, bitte, ist vorgefallen, dass Sie sich dazu haben hinreißen lassen, diesen Schüler eine ›Arschgeige‹ zu nennen?«, fragte sie ruhiger – die Hoffnung schien sich durchgesetzt zu haben. Vielleicht war es auch nur Erschöpfung, da traute er sich im Augenblick keine sichere Prognose zu.

»Tatsächlich ging dieser Aussage ein Gespräch voraus. Horst Kevin zeigte sich in diesem Gespräch wenig einsichtig bezüglich seines Verhaltens gegenüber einem Schüler aus der Parallelklasse.«

»Ja – und? Himmelherrschaftszeiten, lassen Sie sich nicht alles aus der Nase ziehen! Was hat er denn getan, dass Sie so entgleisen?« An der Stelle musste er intervenieren, das geriet ihm jetzt zu sehr in eine unsachliche Darstellung. »Da fühle ich mich missverstanden«, sagte er daher, »von Entgleisung kann gar keine Rede sein. Ich habe den Schüler lediglich davon in Kenntnis gesetzt, auf welchem moralischen

Niveau ich ihn einordne. Ich muss zugeben, dass der Begriff ›Arschgeige‹ inhaltlich etwas unscharf ist, auch findet er sich nicht im Duden, jedoch scheint Horst Kevin, oder zumindest seinen Eltern, das Wort nicht unbekannt zu sein, sodass sie in der Lage sind, die von mir beabsichtigte Bedeutung korrekt einzuordnen.« Er konnte sehen, wie es in ihr arbeitete.

»Sie meinen, es ist Ihnen nicht einfach so rausgerutscht?«

»Keineswegs.«

Es entstand eine Pause. Sie schaute ihn eindringlich an und schien auf einen Hinweis auf Geistesgestörtheit oder eine andere plausible Lösung zu hoffen.

»Wir sind doch gerade erst aus den Sommerferien zurück«, lamentierte sie. «Sie müssten doch entspannter sein. Warum verhalten Sie sich so unprofessionell?«

»Ich bin so entspannt, dass es sich Ihrem Vorstellungsvermögen entzieht«, sagte er. »Der Spanienurlaub war eine echte Zäsur.« Für sie klang das vermutlich genauso kryptisch, wie es daherkam. Er fuhr fort: »Und von unprofessionell kann gar keine Rede sein. Tatsächlich ist es so, dass meine Äußerung auf einer systemischen Betrachtung fußt und nicht etwa willkürlich getroffen wurde.«

»Was meinen Sie jetzt bitte damit?«, stöhnte sie.

»Ich hatte in der Vergangenheit die Chance, Horst Kevin und sein familiäres Umfeld genauer kennen zu lernen. Das gab mir die Sicherheit einer korrekten Einordnung als ›Arschgeige‹.«

«Was?« Ihre rhetorischen Möglichkeiten waren ganz offensichtlich auf ein Minimum geschrumpft.

»Ganz einfach. Bei Horst Kevins Großvater handelt es sich um einen eingefleischten Nazi. Aufgewachsen in einem Nazi-Haushalt. Horst Kevin erzählt stolz, dass bei seinen Großeltern zuhause noch eine echte, alte Hakenkreuzfahne hängt. Und scheinbar gibt es

Fotos, auf denen sein Urgroßvater mit dem Führer zu sehen ist.«

Sie hob die Brauen, er fuhr fort.

»Beim letzten Elternsprechtag versuchte sein Vater erst gar nicht, das zu leugnen, im Gegenteil. Es war ein sehr beredtes Schweigen, mit dem er mir ins Gesicht grinste. Seine darauffolgenden Äußerungen zur kulturellen Vielfalt an unserer Schule erspare ich Ihnen. Aus diesen Äußerungen schloss ich, dass es sich bei Horst Kevin nicht um eine Ausnahme handelt, sondern dass er vielmehr innerhalb der Familie von einer ganzen Reihe Arschgeigen umgeben ist. «

Sie fuhr sich mit den Händen durch das Gesicht und sah plötzlich sehr müde aus.

»Sein Vater ist Ratsmitglied«, stöhnte sie, »der sitzt jetzt da draußen und freut sich schon, Sie gleich zu grillen. Und mich gleich mit. Und vermutlich hat der längst eine Dienstaufsichtsbeschwerde bei der Bezirksregierung angeleiert, und als nächstes meldet der sich im Ministerium.« Sie seufzte und schüttelte den Kopf. »So sehr ich Sie verstehen kann, aber das war unglaublich leichtfertig von Ihnen! Sie sind Beamter, wenn Sie Pech haben, gerät alles in Gefahr – Ihre Stelle, Ihre Pensionsansprüche. Sie könnten alles verlieren.«

»Das«, antwortete er, »war mir bewusst. Und das war es mir wert«

Ungläubig sah sie ihn an. »Was, bitte, hat er vorhin getan?«

»Er nannte David einen Juden.«

»Aber David IST Jude.«

»Er schubste ihn dabei herum. Und er sagte, Abschaum wie er würde bald wieder vergast, wie es sich gehört.«

Scharf sog sie die Luft ein. »Was tun wir?«, fragte sie tonlos, drehte sich mit ihrem Bürostuhl und blickte aus dem Fenster, als könne sich dort eine Antwort finden.

»Wir werden seinen Vater jetzt hereinbitten und die Show genießen.« Er erhob sich und schob den Stuhl zurück.

»Sie sind wahnsinnig?« Sie schrie fast. »Seien Sie vernünftig und werfen Sie nicht einfach leichtfertig alles weg, was Sie sich erarbeitet haben. Er wird nicht eher Ruhe geben, bis er Sie ruiniert hat.«

Auf seinem Weg zur Tür hielt er inne, drehte sich zu ihr um und sagte: »Leichtfertig ist eigentlich genau das richtige Wort. Leichtfertig.« Er schien das Wort gedanklich zu betrachten. »Seit meinem Urlaub in Spanien fällt mir alles viel leichter. Ich fühle mich befreit vom Dilemma, Dinge aushalten zu müssen, gegen die ich ohne den Druck des Beamtendaseins längst rebelliert hätte. Jahrelang habe ich mit mir gehadert, weil meine innere Haltung nicht in den Beamtenrahmen passte. Aus Angst, alles zu verlieren. Ich wollte, genau wie Sie es formuliert haben, nicht alles leichtfertig aufs Spiel setzen und wurde darüber immer schwermütiger. Aber für mich hat sich jetzt plötzlich alles geändert.«

Die Erinnerung ließ ihn lächeln.

»Und zwar nur, weil ich in einer andalusischen Strandbar neben einer Zeitung auch noch ein kleines, unscheinbares Los erworben habe. Ein Super-Los, wie sich herausstellte, ein Gewinn, wie er nur alle paar Jahre mal vorkommt. Der wartet nun darauf, dass ich ihn ausgebe. Sie werden hier also ohnehin auf mich verzichten müssen, denn ich werde den Rest meines Lebens an anderen Orten verbringen. ICH werde der Mittelpunkt meines Lebens sein, und ich werde die Freiheit genießen, meine Meinung zu äußern, wann immer es mir richtig erscheint. Erschütternd genug, dass man dafür scheinbar in der

Lotterie gewinnen muss.« Er schaute sie aufmunternd an.

»So, und jetzt entspannen Sie sich – ich hole die Arschgeigen rein.«

Patricia Malcher

In Fels gemeißelt

Hier bist du zu Hause.
Ein Satz aus ihrer Jugend, mindestens zwanzig Jahre
nicht erinnert. Die Hände braun, verklebt von aufge-
weichtem Erdreich, die Nägel schwarz, gesplittert,
blutunterlaufen kommt er ihr wieder in den Sinn.
Hier bist du zu Hause.
Ihr Vater hatte den Kopf geschüttelt, damals, als sie
die Tage bis zum Abitur zählte, um anschließend zu
verschwinden, endlich dem Dorf den Rücken zu
kehren.
Sie selbst hatte nur türenknallend das Haus ver-
lassen.
Nun drückt sie, gräbt, hält fest. Die Straße, die Erde,
sie rutschen.
Fundament weggeschwemmt, schießt es ihr durch
den Kopf und nun ist es die Kindheit, an die sie
denken muss. Reime, Verse, rhythmisch geklatscht.
Mit allen Dorfkindern und der ein oder anderen
Schulfreundin. Ene mene meck.
Jetzt also die Erde feucht und klebrig, als kleines
Mädchen geliebt, ideal zum Bau von Burgen und
Schlössern, von Stöckchen-Rittern bewohnt und
gestürmt. Damals, als das Dorf noch genügte und die
Sehnsucht nach Städtischem in den Kinderschuhen
steckte.

»Hilfe«, brüllt sie, während sie brusttief im Wasser versinkt, brüllt es bereits seit einigen Minuten, »Hilfe.«

Doch obwohl sie schreit, ohrenbetäubend schreit, das eigene Trommelfell foltert, hört sie niemand. Ihre Schallwellen versickern in Lehm und Regen und Flut und Gestrüpp.

Ein Schuh und ein Fahrrad und Frau Wagner strömen vorbei, den Alltagskittel um die Beine gewickelt, eng und verdreht.

Wie hinderlich, denkt sie, doch Frau Wagner stört es nicht, kein Versuch sich zu befreien, stattdessen ein Weiterströmen, kopfunter, ein Abprallen und Anecken an einer Haustür vom Ende der Straße. Obgleich — endet die Straße jetzt nicht hier, am eigenen Grundstück?

Nichts ist klar in diesem Moment, weder das Wasser noch die Umstände, die Eigentumsverhältnisse, die Nachbarschaft, die Anzahl der Familienmitglieder.

Ist das ihr Sessel, samtig rot, der dort auf und ab schaukelt? Einladend der Eindruck, zum Ausruhen, lesen, Augen zu, Augen auf und endlich aufwachen, noch trunken vom Albdruck, mit sauberen Fingernägeln, intaktem Trommelfell, trockenen Füßen. Doch schon ist er untergetaucht, im Tante-Emma-Laden, der eigentlich Frau-Wagner-Laden heißen müsste, der nicht mehr dort steht, wo er stand, geschluckt wurde, nicht von einer Großhandelskette, sondern von der Wucht des Sturzbaches. Der Fluss ist es, der sich ihr kleines Dorf einverleibt, es schon immer umschlingt wie eine falsche Schlange und nun, gemeinsam mit dem Dauerregen, mitsamt Knochen verspeist. Ein kleiner Bachlauf ursprünglich, so sagte der Lehrer stets, aus dem Keller eines Fachwerkhauses entsprungen. Mehr ist es nicht, und wo soll sie morgen Brot und Milch einkaufen?

Hier bist du zu Hause.

Mit Edding hat sie den Satz des Vaters seinerzeit auf

die Rücklehne des Schulbusses geschrieben. Schwarzer Filzstift auf violett-grünem, blau-grau schillerndem Polster. Das D von du umrahmte das Loch im Sitz, welches irgendein Jugendlicher auf einer der täglichen Fahrten zur Oberschule hinein geknibbelt hatte. Gelber Polyester flockte aus dem Bauch des Buchstabens hinaus. Bereits einige Tage später war der Satz kommentiert. Ein stummes Schreibgespräch pendelnder Schüler. »Home sweet home«, stand dort, »Scheiß drauf«, daneben »No Future«, »Alles wird gut« und »Fuck off«. Dazu der übliche Penis, krakelig und überdimensioniert, auf das Loch und die Füllung und das D und das Du ejakulierend.

Jeder, den sie kannte, träumte damals davon, das Dorf zu verlassen. Dauerhaft. Nicht nur bis 19 Uhr 38, am Wochenende zwei Stunden länger. Der Bus war die einzige Möglichkeit, aus dem Alltag auszubrechen. Kein Hinaus-in-die-Welt-Gehen ohne ihn. Die Ausgangssperre begann und endete an der Haltestelle. Zehn Kilometer entfernt schon die große, weite Welt. Weg. Einfach nur ... weiter ... Hauptsache ... weg. So schnell es irgend ging dem in Fels gemeißelten Lebensweg entfliehen, dem Familienhof, der Verwandtschaft, den verstaubten Lebenszielen vorheriger Generationen. Provinziell die schlimmste Schublade, die vorstellbar war.

Sie hört auf zu brüllen, erkennt die Sinnlosigkeit. Ihre Hand rutscht ab, verliert den Halt. Kurz taucht sie unter. Ein Stück Heimat schwappt ihr in den Mund. Es schmeckt nach Sand, Mörtel, nach Kalk und knirscht zwischen den Zähnen. In den Wangentaschen raut es die Schleimhaut auf, krümelig und bitter.

In Höhe der Kapelle ist ein Baum gekippt, ragt in das Hochwasser hinein, an der Krone die Sauerkirschen schon rot und prall.

Am Stamm bekommen die Finger Griff, die Füße

Tritt. Sie kann verschnaufen, den Hals recken. Die Früchte in greifbarer Nähe.

In diesem Sommer werden es die Vögel sein, die ernten, denkt sie, nachdem Michi seine Frau hat sitzenlassen mit Kirschen, Kleinkind und Katzenklappe und in die Stadt gezogen ist. Michi, der noch nie was taugte und dieser Tage statt Kirschen zu pflücken in einem Zwei-Zimmer-Appartement sitzt, allein, so hört man jedenfalls, Fenster zum Hof, den Kopf voller Hirngespinste. Mit Mitte vierzig das Dorf verlassen, denkt sie und weiß, dass etwas nicht stimmt –, mit diesen Kirschen, mit ihrer Logik, mit Vaters Satz, mit der Natur.

Der Lehm trocknet. Langsam beginnt er, sich zusammenzuziehen, kratzt und klebt ockerfarben auf der Haut. Die Zehen sind taub, das Wasser hat alles Gefühl ausgeschwemmt.

Sie sieht Toni und Heinz, für deren Gastwirtschaft sie die Buchführung macht. Sieht die Brüder hilflos vor ihrem Eigentum stehen, die Sandsäcke hüfthoch vor Kellerabgang und Haustür gestapelt.

Sie sieht Sophie, der sie Nachhilfe in Englisch gibt, die das Dorf genauso hasst, wie sie selbst damals. Sie sieht das Mädchen mit einem Bündel Decken in der Hand von Tür zu Tür rennen. Sophie, für die eine mangelhafte Note in der Nachprüfung ein weiteres Jahr Dorfleben bedeuten würde.

Sie sieht Menschen, die sie nicht mehr voneinander unterscheiden kann in ihrer Hoffnungslosigkeit und Angst und Verzweiflung. Menschen, deren Handeln und Denken und Fühlen sich in der Katastrophe gleichen.

Sie sieht Blicke aus übermüdeten Augen, morastige Hautfalten, Dreck so klebrig, dass doch jede Straße, jedes Haus, jedes Auto hätte pappen bleiben müssen.

Einige Meter entfernt hört sie erneut ein Bersten, ein Reißen, einen ohrenbetäubenden Lärm. Hört die Flut gegen Beton tosen, Masse auf Masse.

Sie kann sich nicht mehr halten, schnappt nach Luft, lässt los. Sofort verringert sich der Druck, die Natur gewinnt die Oberhand. Leicht fühlt es sich an, aus dem Leben erodiert zu werden, eigene Kraftanstrengung nicht vonnöten. Der Körper schwerelos umhüllt.

Ein letztes Mal bäumt sie sich auf, hebt ihr Gesicht über die Wasseroberfläche. Pustet, atmet, schluckt und spuckt. Sie kennt ihr Schicksal aus den Nachrichten. Hochwasser im Sudan, in Nigeria, in Indonesien. Immer weg, weit weg, doch niemals hier. Warum auch? Tausend Jahre ist es gut gegangen. Das Leben und Lieben und Weinen und Lachen, das Siechen und Sterben, das Gebären und Großziehen, das Anbauen und Ernten, das Siedeln und Melken, das Zimmern und Tischlern.

Sie sieht das gelbe Heck eines Busses neben sich, die Fahrtzielanzeige schwarz und leer. Sie folgt der Linie, fühlt sich leicht und unbeschwert. Eine Zeit lang treiben Mensch und Metall nebeneinanderher, bis der Bus an Fahrt verliert, trudelt und im Schlamm versackt.

Sie selbst rauscht vorbei.

Saskia Scheer

Der Edding

»Ich geh' da jetzt rauf.«
»Du warst doch eben erst oben.«
»Trotzdem.«
»Da, linkes Videofenster, alle brav.«
»Der eine war schon mal hier.«
»Der Alte in Beige?«
Nicken.
»Und?«
»Man weiß ja nie.«
»Was weiß man nie?«
»Du weißt schon.«
»Ob der sich 'n Stück Kalkstein in die Tasche steckt, oder was?«
»Das ist die koptische Sammlung!«
»Ich weiß.«
»Da steht eine Reliefplatte aus Palmyra!«
»Gut geschützt, ja.«

Auf jeden Fall nicht von dir, denkt sie, während sie sich umdreht, um zügig durch den Gang ins Treppenhaus und darüber in den zweiten Stock zu gelangen. Daniels Laisser-faire-Haltung macht sie wahnsinnig. Sie wird ihn auch heute eher nach Hause schicken. Oben angekommen nimmt sie ihren Platz neben den Vitrinen mit den eucharistischen Brotstempeln ein, den beigen Alten fest im Blick. Der Beige betrachtet die Ausstellungsstücke, sonst geschieht nichts.

Als sie Daniel wenig später fragt, ob er nicht eher los will, stimmt ihn das versöhnlich. Sie wiederum begrüßt die Aussicht auf Ruhe und Kontrolle. Nicht, dass ihr Kollege ein schlechter Mensch ist. Es ist nur so, dass er den nötigen Ernst vermissen lässt. Und das nötige Engagement. Manchmal wirkt er so unenergetisch, dass sie sich fragt, ob er bei einem plötzlich ausbrechenden Feuer den Raum verlassen würde.

Ihren abschließenden Kontrollgang beginnt sie heute bei der Ikone »Das Jüngste Gericht«, die ihr wie ein heiliges Wimmelbild vorkommt. Das Werk hat etwas Magisches: Sie kann es so oft anschauen, wie sie will, es stellt sich doch nie ein Gefühl von Vertrautheit ein. Immer wieder erscheinen ihr bestimmte Elemente so, als habe sie sie noch nie betrachtet. Heute ist es die Seelenwaage, die sie nicht loslassen will, während sie ihren Kontrollgang fortsetzt. Sie überlegt, in welche Richtung ihre Wägung wohl ausschlagen würde. Ihren Job nimmt sie ernst, sie besucht regelmäßig ihre Eltern und hält sich im Großen und Ganzen für eine gute Tochter und Kollegin – Daniel jedenfalls kann sich kaum eine bessere wünschen, höchstens eine unterhaltsamere.

Vor einer ukrainischen Ikone aus dem 13. Jahrhundert, einem ihrer liebsten Stücke, hält sie kurz inne: Einem Mann namens Jephonias, der die Trauerfeier um Maria hatte stören wollen, waren von einem Engel beide Hände abgehackt worden. Die Ikone zeigt Jephonias blutige Stümpfe und seine durch die Luft fliegenden Hände, während der Engel schon wieder mit auf der Schulter ruhendem Schwert dasteht. Das Arrangement der Figuren und die Hingabe, mit der hier gearbeitet wurde, haben es ihr angetan. Wahrscheinlich hatte sich der Ikonograf, angesichts seiner Kunstfertigkeit selbst mehr Heiliger als Mensch, bedenkenlos die ein oder andere Entgleisung leisten können, ohne dass der Ausschlag seiner Seelenwägung darunter gelitten hätte.

Als sie weitergeht, erfüllt sie ihr Museumsgefühl. Sie verehrt die Kunst, die sie täglich umgibt und deren Schutz ihr persönliches Anliegen geworden ist. Besucher:innen behält sie mit solcher Entschiedenheit im Auge, dass kein Schritt unbemerkt, keine achtlose Annäherung ungerügt bleibt. Unter ihrer Aufsicht würde es nie zu einem dieser abscheulichen Zwischenfälle kommen, die ihr Dr. Lutzelt unmittelbar nach ihrer Einstellung geschildert hatte. Von Kunstattentäter:innen, die geisteskrank oder Aufmerksamkeit heischend Gemälde verunstalteten oder mit Torten bewarfen, erzählte er ihr damals. Er beschrieb auch geplante Säure- und Messerangriffe sogenannter ›Bilderstürmer:innen‹, die glaubten, auf diese Art politische oder religiöse Botschaften übermitteln zu können. Zunächst hatte sie angenommen, ihr Chef übertreibe, aber dann las sie diese Meldung aus Seoul: Ein Paar hatte in einer renommierten Ausstellung ein riesiges Acrylgemälde um weitere Farbtupfer ergänzt. Unfertig sei ihnen das Werk vorher erschienen, unaushaltbar unfertig.

Sie geht jetzt an beweinten Jesussen und Gottesmüttern vorbei, bis sie die Ikone »Das nicht schlafende Auge« erreicht, in deren Zentrum ein wachender Christus steht. Über ihm prangt ein biblischer Psalm, der so gut zu ihr passt, dass sie nicht an einen Zufall glaubt: »Denn der Hüter schläft noch schlummert nicht.« Diese Weisung lässt sie erneut an Daniel und seinen nachlässigen Blick denken. Immerhin kann sie sich sicher sein, dass er der Kunst niemals aktiv schaden würde – anders als der Kollege aus dem Boris-Jelzin-Museum in Jekaterinburg. Ungern erinnert sie sich an die Berichterstattung aus dem Frühjahr: Mit einem Kugelschreiber hatte der Museumswärter Vasiliev mehrere Augenpaare auf die leeren Gesichter eines geschätzten Gemäldes geschmiert. Ihm sei das Bild wie eine Kinderskizze vorgekommen, er habe es nur verbessern wollen: »Keine Augen, kein Mund, keine Schönheit.«

Sie betritt jetzt den Raum, in dem auch die »Göttliche Eucharistie« hängt. Ihre Entdeckung liegt jetzt etwa einen Monat zurück: Zunächst war ihr die Ikone wie immer erschienen. Mit der rechten Hand hielt sich der hinter einem Altar stehende Christus die Wunde unterhalb der Brust, die ihm durch den Lanzenstich zugefügt worden war. Zwischen seinem Zeige- und Mittelfinger spritzte das Blut in einem perfekten Bogen in einen auf dem Altar stehenden Kelch. Trinkt alle daraus, das ist mein Blut. Eine großartige, besonders qualitätsvoll gemalte Ikone. Eigentlich. Doch das Stigma, das man auf dem rechten Handrücken als roten Punkt immer deutlich hatte ausmachen können, fehlte plötzlich. Es musste einfach verblasst sein. Angesichts der Vorstellung, was zukünftige Besucher:innen denken könnten, kam ihr die Ikone entweiht vor. Würden sie annehmen, dass der Künstler nicht genau genug gearbeitet hatte? Oder schlimmer: dass er das Wundmal vergessen hatte?

Hinnehmen müsse man diese Entwicklung, hatte Dr. Lutzelt ihr am nächsten Tag erklärt, auch wenn es schmerze. Wissend hatte er ihr zugenickt, bevor er sich in sein Büro verabschiedete. Zunächst war ihr die Geste als Empathie-Bekundung erschienen. Doch jetzt, viele Kontrollgänge später, ist sie sich sicher, dass er etwas anderes gemeint, dass er etwas anderem zugestimmt hat. Etwas, das nur verstehen kann, wer die Kunst versteht.

Gut, dass Daniel bereits zu Hause ist. Ihr Kontrollgang ist fast beendet. Sie bleibt vor Christus stehen, zwischen seinen Fingern spritzt das Blut hervor.

Als sie etwas später in das Sonnenlicht auf den Kirchplatz hinaustritt und hinter sich abschließt, fühlt sie sich ruhig. Ihre Seelenwaage hat an Gewicht auf der richtigen Seite zugelegt. Sie läuft an St. Peter vorbei. Bei jedem Schritt spürt sie den roten Edding in ihrer linken Hosentasche.

Dea Šinik

Ein Versprechen

Ein Versprechen legt sich zwischen uns,
warmer Julitag
bettet es
auf unseren Oberlippen,
die wie
                                        kurze Klippen
in den Morgen ragen.
Zigaretten wagen es
den Moment zu vernebeln.
Wir atmen unseren Mokka aus,
er dampft nach.

Du hast gesagt,
Tante Seka bringt gleich Süßes
zur Feier des Tages.
Die letzten Prüfungen
im Zucker ertränken,
ein Studium beenden
schmeckt
nach Halva.
Es umgarnt dich,
auf einer Pistazie
lauert
dein Versprechen,
zahm und mächtig.
Lippen formen

»Versprich es mir –
die neue Welt ist groß und prächtig.
Du musst bald los«

Du wirst das Fortgehen erben.
Der Duft nach Lindenblüte
verspricht dir
fernen Trost.
Weggehen heißt
neue Bänder knüpfen,
in Worthülsen schlüpfen,
sie betasten.

Das Jetzt ist gepaart
mit
Anträgen und Kämpfen,
fremde Blicke sind
eine Entscheidung entfernt.
Das Wort
Berufserlaubnis
ebnet alle Wege.
Neue Orte duften
nach Melittakaffee
und Verlust.

Das Gestern klingt wie ein Anruf,
nach Jahren
der Stille –
Es füllt sich
jede Ecke,
und jede Rille
der Erinnerung -
Sie hat
metallische Stimmen
aus einem Smartphone.
Telefonate
wie Trauerreden.
Lässt sich

das Schweigen bezwingen,
wenn nun Momente zerrinnen?
Reue schmeckt schal.
Du versprichst dir,
vergessen Können
ist
eine Wahl.

Bestimme dich selbst
Bestimme dich selbst,
lege dir Worte in den Mund,
glatt und eckig
Lass sie abweisend sein in deiner Wut über Über-
griffe,
die dich untergraben.
Du hast jedes Recht dazu.
Lass alles in dir toben
ohne Aber und das Wenn,
denn die Scham ist kein Geschenk.
Wechsel die Gewänder,
mach dich von ihnen frei
bedeckt sind die anderen
mit sturen Stoffen,
nahtlos wälzen sie Gewebe auf dich ab.
Man dringt ein ungefragt
Mein Körper ist keine Mördergrube,
Meine Seele ist keine Mördergrube,
sagst du dir.
Lass an dich ran,
was dir gebührt,
denn diese Schuld wurde nur geschürt.

Sprich den anderen ab,
was sie über dich zu verfügen glauben,
nimm deinen Mut in beide Hände,
du darfst ruhig laut sein,
die Angst soll taub bleiben,
Lass den Druck nicht unter dir verlaufen

Freiheit fragt nie nach Erlaubnis.
In ihr erwächst
du.

Nimm dich wahr
in allen Kerben,
auch die Wut lässt sich leicht vererben, schwächt
generationsübergreifend ungeborene Töchter in fernen Weiten.
Es ist nicht ihre Aufgabe,
unaufgeregt zu sein.
Es ist nicht ihre Aufgabe,
unauffällig zu sein.
Es ist nicht ihre Aufgabe,
allen zu gefallen.

Verfall ihnen,
Diesen unbekannten Schwestern
In ferner Zukunft,
bereite ihnen den schmalen Weg
mit Bernsteinworten.

Ich bin ein Fass ohne Boden,
ein Über,
statt nur oben,
ungelogen laufen alle Emotionen
in mir
einen immer wiederkehrenden Bogen
immer auf und ab,
immer auf und ab,
immer auf und ab
im Alltag hinauf und herab
in eingelaufenen Verhaltensweisen,
als seien sie täglich auf Reisen.

Ich kann das »jeden Morgen« nicht mehr hören,
so flüstert mir in Chören der Überdruss ins Ohr,

dass er nicht mehr um 6 Uhr aufstehen mag,
es nicht mehr wagt,
immer in die gleiche Kneipe zu gehen,
es an mir nagt,
immer den Gleichen in der 200.000 Seelen-Stadt zu
begegnen,
angeklebt an ein Display.
Ich kann Berufsunfähigkeitsrente und Bezüge nicht
mehr ertragen,
ich möchte es wagen
sie in Leichtsinn zu ertränken,
verschenken
möchte ich all die Vernunft und all das
Sicherheitsdenken,
denn was nützt es uns,
wenn wir all unser Dasein lenken
und kein Platz mehr ist für unsinnigen Raum?
Ich wünsche mir nichts mehr,
als mich in alle Richtungen zu verrenken,
ohne Rücksicht auf Bedenken.

Ich bin ein Fass ohne Boden,
jegliche Emotion in mir kocht über,
als sei ein Regulativ schon längst hinüber
und doch kreist
wie eine kleine Schwalbe am Abendhimmel
die Angst
vor dem Verlust,
an die ich mich klammer,
immer mehr und mehr
immer mehr und mehr
immer mehr und mehr
füllen sich meine Pupillen mit tiefem Nass,
ich sagte ja bereits,
ich sei ein Fass,
in Gedanken an deine Marzipanhaut.

Es ist unfassbar,

alles,
was mir begegnet
rührt mich an,
führt mich in unsichere Gewässer.
Ich sehe zu,
wie mir das Wasser bis zum Halse steht.
Mut,
der allmählich vergeht
im flachen Fluid.

Alles möchte ich in mir horten,
verborgen in einzelnen Worten,
die ihre Form annehmen.
Wäre ich nur unfassbar,
gnädig in der dichten Leere,
als ob mir nichts fehle,
als müsse man nichts auffüllen,
denn alles hat seinen Platz
als seien alle Ecken
in mir
bewohnt.

Ich bin ein Fass ohne Boden,
glaube mir,
ich wünschte
es sei gelogen,
aber ich trage die Welt
in mir,
Sie setzt sich
in mir ab
Dicht an dicht,
Schicht für Schicht.

Inga Stewen

Bruderherz

Weißt du noch, wie wir im Sommer Heuschrecken in den zirpenden Feldern suchten, zwischen dem goldenen Korn hin und her staksten, um sie zu fangen? Weißt du noch, wie wir im Winter mit Mutter Plätzchen backten und die ganze Küche sich in ein Wunderland aus Teig und Glasur verwandelte? Weißt du noch, wie wir als Kinder über die Wiesen tollten, unbefangen und frei? Wie wir die Kronen der Laub tragenden Riesen erklommen und schauten, wer sich traute, noch höher zu klettern? Oft zögertest du, sobald wir den fünften Ast erreichten, doch ich wollte nach den Wolken greifen, hoch hinaus.

Damit wurde ich leicht fertig.

Später, in der Schule dann, gingen unsere Interessen weiter auseinander. Obwohl ich dein Spiegelbild zu sein schien, mit dem blond gelockten Schopf und den grasgrünen Augen, waren unsere Fähigkeiten unterschiedlich. Du warst ein Träumer, von Wünschen getragen und ich, fasziniert von Wissenschaft und Zahlen, schaffte es, das zu tun, was die Lehrer wollten.

Damit wurde ich leicht fertig.

Die erste Liebe kam, deine ging bereits. Gebrochene Herzen schmerzen, doch geben sie uns wertvolle Erfahrungen. Ich lernte diesmal von dir und das brachte mir das Glück, eine gesunde, lange

Beziehung führen zu können und gleichzeitig dich zu halten und zu stützen.

Damit wurde ich leicht fertig.

Dann trennten sich unsere Wege, doch ließen wir uns nie aus den Augen, du als meine andere Hälfte, stets mit mir verbunden. Du begannst eine Ausbildung zum Buchhändler, viele fantastische Welten, Tore als Einband. Es war ein Traum, der in Erfüllung ging und ich freute mich für dich, obwohl ich deinen Hang zum Fiktiven und der Vergangenheit nie verstand. Mein Weg führte mich in den Bereich der Biotechnologie, eine perfekte Symbiose aus Natur und Technik. Das Studium war in meinen Augen nicht sehr anspruchsvoll, aber es bereitete mir Freude.

So wurde ich damit leicht fertig.

Einmal interessierten wir uns für dieselbe Frau, groß, schlank, schön, nicht abgehoben sondern mit beiden Füßen fest auf dem Boden stehend. Vom Äußeren her, sprachen wir sie beide an, wie sollte es auch anders sein. Doch schaffte ich es nicht sie zu beeindrucken, du hingegen schon, mit deiner leichten, fröhlichen Art. Ich hingegen besaß zwar Witz, den sie zu schätzen wusste, aber auch eben so viel Strenge. Sie aufzugeben und dich glücklich zu sehen, damit wurde ich leicht fertig.

Unser Großvater, der uns viele Jahre mit seinen weisen Ratschlägen zur Seite gestanden hatte, verstarb. Einfach eingeschlafen, ein gnädiger Tod doch kein gnädiges Schicksal für die Hinterbliebenen. Unser Vater gab sich der tiefen Trauer hin, während Mutter alle Formalitäten in Gang setzte. So spiegelten wir ihr Verhalten wider, du trauertest, ich wollte nicht. Ich war stark für dich, damit du es leichter hast.

Auch damit wurde ich leicht fertig.

Kurz darauf verlorst du deinen Job. Die kleine Bibliothek mit dem blauen Teppich und den tiefbrauen Nussbaumregalen, musste sich nach einem langwierigen, monetären Überlebenskampf geschlagen geben. Ein weiterer Schlag, dem du standgehalten hast, und kurzerhand wusstest du, wie du deinen Erbanteil des Großvaters investieren wolltest. Ein eigenes Archiv, bestückt mit vielen Welten und Leben. Ein Refugium für all jene, die einen Zufluchtsort suchten. Dir mit der Planung des Unterfangens zu helfen, damit wurde ich leicht fertig.

Ich wollte auch diese Freiheit spüren, die du nun erlangt hattest, doch in meinem Beruf fand ich diese nicht. Das war in Ordnung, ich suchte mir meine Freiheit woanders und fand sie in der Luft. Dort konnte ich die Wolken berühren, wie ich es mir als Kind schon gewünscht hatte. Rucksack auf, Türe auf, ein Schritt nach vorn. In meinem Bauch kribbelte es, ein schönes Gefühl. Ich zog an der Leine, bemerkte wie klein und unwichtig alles zu sein schien, während mich der Schirm langsam hinabgleiten ließ. Angst, dass mich diese Freiheit einmal im Stich lassen könnte, hatte ich keine.

Damit wurde ich leicht fertig.

Eines schönen Frühlingstages verlobtest du dich und schon bald sollte eine traumhafte Hochzeit folgen. Die Große, Schlanke und Schöne sollte es sein. Eine besondere Aufgabe sollte auch mir zufallen, eine äußerst wichtige. Als Trauzeuge sollte ich über eure fortwährende Liebe wachen und euch zur Seite stehen, wenn sich ein dunkler Schatten über eure warme Zuneigung zu ziehen drohte. Auch für die Planung des Junggesellenabschieds war ich zuständig. Paintball, Mittagessen im Restaurant, dann Kneipentour. Du sagtest, ich habe alles richtig gemacht und ich sagte nur: »Damit wurde ich doch leicht fertig.«

Schon nach einem halben Jahr riefst du mich aufgeregt an. Deine Stimme überschlug sich bald vor Glück, als du mir erzähltest, ich würde Onkel werden. Schon bald folgten viele schlaflose Nächte und hektische Tage. Eine Odyssee, geprägt von stinkenden Windeln, besabberten Mulltüchern und Kinderarztterminen. Um euch etwas Ruhe zu gönnen, verbrachte ich manch eine Nacht in eurem kleinen Haus. Die Augen des kleinen Wesens glänzten im Mondlicht wie kostbare Edelsteine. Zwei geschliffene Lapislazuli. Obgleich sich bei mir auch tiefe Ringe unter den Augen entlang zogen, wurde ich damit leicht fertig.

Zwei weitere Kinder und viele Elternfreuden später sagtest du, es wäre an der Zeit, dass wir mal wieder etwas gemeinsam unternehmen. Nur du und ich. Du holtest dir die Erlaubnis deiner Liebsten ein und schon saßen wir in meinem Auto. Blutrot lackierter Stolz auf schillernden Felgen. Wir fuhren Richtung Italien, fühlten uns wie die Könige der Straße. Ähnlich wie bei meinen Fallschirmsprüngen genoss ich auch hier die grenzenlose Freiheit. Ich wollte den Wind in meinem Gesicht spüren, schnell fahren, schneller fahren. Dann verschätzte ich mich in einer Kurve. Die Reifen quietschten, es knallte, Knochen knackten. Als ich erwachte, sah ich dein Gesicht, doch ich erkannte es nicht. Ich versuchte dich anzusprechen, doch meine Stimme fehlte. Eine Sirene ertönte, ich sah blaues Licht und hörte das Rattern von Rotorblättern. Ich konnte noch sehen, wie sie dich in die Lüfte trugen und fortbrachten. Es tut mir leid, ich war leichtfertig. Jetzt sitze ich hier neben dir, halte deine Hand ganz fest, jeden Tag. Du bist in reine Laken gehüllt, weiß wie Schnee unter dem du nun ruhst. Ich wünsche mir, dass du dich rührst, damit wir wieder Kekse backen und auf Bäume klettern können, denn ohne dich finde ich mein inneres Kind nicht mehr.

Damit werde ich nicht fertig.

Ich möchte von dir in fremde Welten entführt werden, möchte deine Träume verstehen und mit

Logik deine Ängste verscheuchen. Doch du träumst gerade allein, damit werde ich nicht fertig.

Ich springe nicht mehr aus der Höhe, denn ich habe Angst zu fallen. Ich bin schon gefallen und der Schmerz überwältigt mich.

Damit werde ich nicht fertig. Hörst du mich?

Deine Frau versucht stark zu sein, doch sehe ich sie brechen. Deine Kinder weinen bittere Tränen. Damit werde ich nicht fertig. Ich sehe in einen Spiegel, die Augen mit Tränen gefüllt, die Nase rot, den Mund verzogen, doch das Bild hat seine geschlossen, die Nase blass, den Mund leicht geöffnet. Wir sind verschieden und doch sind wir es nicht. Bruderherz, ich war leichtfertig, damit werde ich nicht leicht fertig.

Die Blätter fallen, der Winter naht. In meiner Ohnmacht spüre ich die Kälte nicht, meine Gefühle liegen unter Eis. Doch mit dem Frühling und einem Fingerzucken von dir beginnt meine Welt wieder zu erwachen.

Ich glaube, mit allem, was nun kommt, wirst du sicher leicht fertig.

Greta Welslau

Selbst der Tod scheide sie nicht

Sein erster Tag bei der Mordkommission, sein erster Fall. Der Beginn einer herausragenden Karriere, dessen war sich Matze Brenner sicher. Der Kommissar betrachtete die beiden Leichen auf dem Bett. Der alte Mann lag auf dem Rücken, die Hände vor der Brust gefaltet, während sich seine Gattin an ihn schmiegte. Ihr Kopf ruhte auf seiner Schulter, die Gesichter wirkten entspannt und die Frau schien sogar etwas zu lächeln. Enttäuschung füllte Brenners Herz. Grandiose Laufbahnen begannen mit einem Knall, dem Fassen eines perfiden Serientäters, aber nicht mit sowas.

Keine Einbruchsspuren, also waren Mörder und Opfer bekannt, dachte Brenner.

»Doppelmord oder erweiterter Suizid?«, fragte er die Rechtsmedizinerin und hoffte, dass es nicht die dritte Möglichkeit war. Ein gemeinsamer Selbstmord.

»Sie ist nach ihm gestorben«, antwortete die Ärztin. Mit der großen Hornbrille und den grauen Haaren erinnerte sie den Kommissar an eine sockenstrickende Oma, doch er durfte sie nicht so leichtfertig unterschätzen, sie war eine Koryphäe auf ihrem Gebiet.

»Bei ihr ist die Leichenstarre voll ausgebildet, beim Mann hingegen deutlich rückläufig. Den Leichenflecken nach ist er im Sitzen gestorben«, berichtete sie.

»Also wurde er nachträglich so drapiert. Hinweise auf Gewalteinwirkung?«

»Punktuelle Hämatome in seinem Nacken.«

»Ihm wurde der Tee gewaltsam eingeflößt?«, fragte Brenner. Das Teeglas mit Rückständen einer weißen Substanz, das auf dem Nachttisch stand, bestätigte seine Vermutung. Daran fanden sich zwei Lippenspuren, eine mit und eine ohne Lippenstift. Die Rechtsmedizinerin zuckte nur mit den Schultern.

Ich muss mit der Schwester des Toten sprechen, dachte Brenner. Sie hatte das Paar gefunden. Doch zuvor hielt ihm ein Mitarbeiter der Spurensicherung einen durchsichtigen Beweismittelbeutel mit einer Medikamentenschachtel darin vor die Nase.

»Das lag auf der Frisierkommode dort. Zudem ein Frühstücksbrettchen und ein Löffel mit weißen Rückständen an der Unterseite«, erklärte er. Brenner sah fragend zu der Ärztin.

»Schmerzmittel, ein sehr starkes. Gibt man meist nach Operationen.«

»Stark genug, um das zu verursachen?«

Die Medizinerin nickte.

Die Schwester des Toten saß im Wohnzimmer. Der Schock war ihr deutlich anzusehen. Ihre ruhelosen Hände knüllten einen Bogen Papier. Brenner nahm ihr gegenüber Platz. Mit leiser Stimme sprach er der Trauernden sein Beileid aus.

»Frau Vandermeer, Sie haben die Toten gefunden?«, fragte er behutsam.

»Ich habe einen Schlüssel. Als keiner aufmachte, habe ich mich selbst rein gelassen«, antwortete sie.

»Waren Sie verabredet?«

»Das nicht, aber ich komme immer Dienstagvormittags vorbei. Mein Bruder ist, also er war schwer krank. Krebs im Endstadium.« Ihre Stimme brach, Tränen liefen ihr in Bächen über das Gesicht. Wieso ermordete jemand einen Mann, der ohnehin nicht mehr lange zu leben hatte?, überlegte Brenner. War der Frau die Pflege zu viel geworden, dass sie sich davon befreien wollte? Warum dann der Selbstmord? Schuldgefühle?

»War irgendetwas ungewöhnlich heute Morgen?«, fragte er. Die Frau starrte ihn ungläubig an. Ihre Stimme klang scharf wie Rasierklingen.

»Sie meinen außer den Toten im Bett?« Brenner hätte sich ohrfeigen können. Manchmal waren seine Gedanken so schnell, dass es an der richtigen Wortwahl haperte.

»Und das hier«, Frau Vandermeer gab dem Kommissar das Papier, das sie die ganze Zeit geknüllt hatte.

»Auf dem Schreibtisch sind noch mehr. Alles angefangene Abschiedsbriefe von Erna. Wie leid es ihr tut. Als ob das irgendetwas ändern würde.«

Ein Schreck durchzuckte Brenner. Was hatte die Alte bloß getan? Das war ein Beweisstück. Doch ein Blick in ihr Gesicht ließ seinen Ärger schwinden. Die Frau hatte jetzt anderes zu verkraften.

»Haben Sie noch etwas verändert?«, wollte er wissen. Sie schüttelte den Kopf.

»Das Stativ mit der Kamera«, sagte sie dennoch. »Ich musste es zur Seite stellen, ich wäre sonst nicht ans Bett gekommen.« Dem Beamten fiel fast der Brief aus der Hand. Es gab ein Video? Von der Tat? Ohne ein weiteres Wort stürmte er in das Schlafzimmer, schnappte sich die Kamera und spielte den Clip ab.

Erna Schwiedler saß mit dem Rücken zum Bett am Frisiertisch. Mit fahrigen Bewegungen zerdrückte sie mit einem Löffel drei weiße Tabletten. Dann mischte sie das Pulver in das bereitstehende Teeglas. Erna schaute hinter sich. Ihr Mann Kurt ruhte mit geschlossenen Augen auf dem Bett. Seine fahle Haut hob sich kaum von den weißen Kissen ab. Rasch wischte sich Erna eine Träne weg, die sich aus ihrem

Auge gestohlen hatte. Sie machte sich wieder an die Arbeit. Als alle zehn Tabletten ihren Weg in den Tee gefunden hatten, rührte sie ihn kräftig um und ging zum Bett hinüber. Ihr Mann erwartete sie mit einem Lächeln. In seinem Blick lag so viel Wärme und Liebe, dass Erna innehielt. Doch sie fing sich schnell wieder. Sie hatte es versprochen, geradezu geschworen. Jetzt musste sie es durchziehen. Das war sie ihm schuldig. Kurt griff nach dem Teeglas, aber seine Hände zitterten so stark, dass er es nicht halten konnte. Deshalb musste sie ihm den vergifteten Tee Schluck für Schluck einflößen.

Was für ein Triumph, dachte Brenner. In weniger als einer Stunde hatte er den Fall gelöst. Einfach genial. Er hielt nach dem Oberkommissar Ausschau und fand ihn im Wohnzimmer.

»Der Fall ist glasklar, Chef«, erklärte Brenner. »Die Frau hat ihren Gatten mit Schmerzmitteln vergiftet und sich aus Schuldgefühlen später selbst das Leben genommen.« Er übergab seinem Vorgesetzten den Abschiedsbrief.

»Wir stellen Fragen, sammeln Beweise und interpretieren sie. Wir dürfen nicht leichtfertig urteilen«, mahnte der Oberkommissar und studierte das Papier. »Ich kann mir nicht vorstellen, auch nur eine Nacht in unserem Ehebett zu schlafen ohne Kurt an meiner Seite. Lieber bin ich auf ewig im Tod mit ihm vereint, als nur einen Tag ohne ihn zu leben«, zitierte er die letzten Zeilen. Brenner lief rot an. Er hatte sich auf die Aussage der Zeugin verlassen, hatte das Schreiben nicht selbst gelesen. Ein Anfängerfehler.

»Klingt nicht nach einem Geständnis«, stellte der Oberkommissar nüchtern fest. Brenner spürte die Schamröte in seine Wangen aufsteigen. Er war doch kein Anfänger. Wenn auch nicht bei der Mordkommission, so hatte er dennoch an zahlreichen Fällen mitgearbeitet. Er sollte wissen, wie das lief.

»Sie hat den Mord gefilmt«, gab Brenner trotzig zurück. Sein Chef riss die Augen auf.

»Warum filmt sie die Tat, wenn sie sich danach selbst töten will? Lassen Sie sehen.« Brenner holte die Kamera und startete den Clip erneut. Dabei ließ er das Gesicht seines Vorgesetzten nicht aus den Augen. Er wollte den Moment nicht verpassen, wenn dem Oberkommissar klar wurde, dass sein Neuling den Fall bereits bei der Tatortbegehung gelöst hatte. Eine fremde Stimme holte ihn aus seinen Gedanken. Der alte Mann auf dem Video sprach direkt in die Kamera. Brenner wurde gleichzeitig kalt und heiß, als er realisierte, dass er die Aufnahme nicht zu Ende angeschaut hatte. Nur langsam begriff er, dass er gerade so richtig verkackt hatte.

Dem späteren Opfer auf dem Video fiel das Atmen hörbar zunehmend schwerer. Immer wieder musste er während des Sprechens seine Pause einlegen.

»Mein Name ist Kurt Schwiedler und ich habe Darmkrebs im Endstadium«, tönte es aus dem Film. »Meine Frau Erna hat mir soeben eine Überdosis Morphium gegeben. Weil ich die Tabletten nicht mehr schlucken kann, hat sie mir diese in meinem Lieblingstee aufgelöst. Das geschah auf meinen ausdrücklichen Wunsch, sie trifft keine Schuld. Im Gegenteil, sie hat lange versucht, mir das auszureden. Aber schlussendlich hat sie meinen Wunsch nach einem selbstbestimmten, würdigen Tod akzeptiert. Ihre Liebe zu mir ist größer als ihre moralischen Werte.« Er drückte ihre faltige Hand auf sein Herz. »Das war keine leICHte Entscheidung. Mal wieder hat sie mir bewiesen, dass ICH für sie im Mittelpunkt stehe.

Voller Dankbarkeit darf ich in Trapattonis Worten sagen: »Ich habe fertig.«

Die Autorinnen
und Autoren

Sina Damerow

passt in kein Raster. Biologisch hat sie 64 Jahre hinter sich, ist jetzt Oma und sozialer und leiblicher Vater, sie hatte vor acht Jahren ihr Coming-Out als Trans-  sexuelle nach jahrelangem psycho-analytischen Seelenstriptease. Seit dem schreibt sie und präsentiert ihre Texte bei Poetry-Veranstaltungen.

Vor dieser Zeit war sie Lehrer an berufsbildenden Schulen. Die Tätigkeit musste sie wegen ihres seit 1994 existierenden Tinnitus beenden. Seit 2007 wird sie von vier schrillen unterschiedlichen Tönen 24 Stunden am Tag gestört. 2009 musste sie wegen Berufsunfähigkeit die Rente beantragen.

Ihre Texte, überwiegend (Lang-)Lyrik, befassen sich mit Themen aus dem Bereich der menschlichen Psyche, der Gesellschaft und der Politik, der Philosophie und mit der Transsexualität. Die wichtigste lebensphilosophische Weisheit hat ihres Erachtens Thornton Wilder in »Unsere kleine Stadt« publiziert: »Man muss das Leben lieben, um es zu leben und man muss das Leben leben, um es zu lieben.« Sie versucht es.

Marcel Ifland

wurde 1988 in Wanne-Eickel geboren und hat es bis heute wider erwarten nicht dauerhaft verlassen. Bereits zu Schulzeiten begann er mit dem Verfassen von Kurzgeschichten. Nach Beendigung der Schullaufbahn absolvierte er eine handwerkliche Ausbildung und ist bis heute hauptberuflich als Elektromonteur für Tankstellentechnik in ganz Westdeutschland unterwegs. Das Schreiben hat er jedoch nie wirklich aufgegeben - von 2007 bis zum Ende des Projekts im Januar 2018 war Marcel Ifland einer der Hauptautoren der satirischen Internetenzyklopädie »Stupidedia.org«, einer Parodie auf die Wikipedia, ab 2009 als Administrator. Seit Sommer 2019 verlagerte er die künstlerische Aktivität mehr und mehr auf die Bühne und trat seitdem bei über 150 Poetry Slams und anderen Literaturveranstaltungen im ganzen deutschsprachigen Raum auf.

Kerstin Liemann

entstammt dem besten aller Jahrgänge, lebt, lacht und arbeitet in Recklinghausen und das am liebsten mit anderen Menschen. Sie schreibt alles in allem seit ihrem 6. Lebensjahr, zielgerichtet und in größeren Zusammenhängen jedoch erst seit einigen Jahren..

Patricia Malcher

schreibt belletristische, zeitgenössische Prosa. Zahlreiche ihrer Texte werden in Anthologien und Literaturzeitschriften veröffentlicht.

Ihr Debütroman »Lieb Kind«, ein psychologisches Kammerspiel, erscheint 2020 im Independent-Verlag  »Test/Rahmen«, Wien und wird für den Hotlist-Preis nominiert.

Ihr zweiter Roman mit dem Arbeitstitel »Nachkoloriert« wird derzeit über die Literarische Agentur Kossack angeboten.

Im Rahmen des Autorennetzwerkes LiteraturRaum Dortmund Ruhr beteiligt sie sich mehrmals jährlich an literarischen Projekten und Lesungen im Ruhrgebiet und im Münsterland.

Saskia Scheer,

Saskia Scheer, Jahrgang 1991, wechselte 2010 vom Sauer- ins Münsterland, um dort Germanistik und  Philosophie zu studieren. Im letzten Jahr verließ sie Münster für Recklinghausen. Im nördlichen Ruhrgebiet arbeitet sie seit 2020 als Deutsch- und Philosophielehrerin an einem Gymnasium. Seit etwa einem Jahr schreibt sie nebenbei. Ihre erste Kurzgeschichte mit dem Titel »Aschekotten« wurde in der Literaturzeitschrift »Am Erker« veröffentlicht (Ausgabe Nr. 83, »Feuer«, Münster 2022)

.

Dea Šinik

ist hoffnungsvoll getrieben vom Schreibprozess seit sie ein Teenager ist. Gerade die Themen Identität und weibliche Perspektiven sind ihr sehr wichtig.In den lyrischen Texten spürt das fiktive Ich die Sehnsucht  einer Verortung von Identität und weiblichem Bewusstsein.

Der Kontaktverlust zum Selbst, den viele migrantisch gelesene Personen kennen, spitzt sich immer weiter zu.Die lyrischen Texte sollen ein neues Selbstbewusstsein unterstützen.

In diesem Kontext organisiert und moderiert sie seit zehn Jahren einen Poetry Slam, der sich mittlerweile weiterentwickelt zu anderen literarischen Formaten.

Sie ist Herausgeberin der Anthologie »Pottpoesie« und publizierte ihre lyrischen Texte in der Frankfurter Bibliothek und auf digitalen Plattformen wie »zarte Horizontale« oder »Mosaik«.

Inga Stewen,

gelernte Floristin, wohnt mit ihrer Familie am Rande von Recklinghausen und holt zur Zeit ihr Abitur auf dem zweiten Bildungsweg nach. Die Neunundzwanzigjährige hat sich bereits in ihrer Kindheit gerne Geschichten ausgedacht und fing mit zunehmenden Alter an, diese nieder zu schreiben. Seit geraumer Zeit arbeitet sie an einem Fantasy Roman und nimmt gerne an Kurzgeschichten-Wettbewerben teil.

Bisherige Auszeichnungen hat sie keine, denn dies ist erst ihr zweiter Wettbewerb.

Greta Welslau,

Jahrgang 1979, lebt in Gelsenkirchen. Obwohl sie 15 Jahre lang in Südbaden lebte, ist sie eine echte Ruhrpottseele. Deshalb zog es sie 2018 auch wieder in die Heimat zurück.

Seit früher Jugend schreibt sie schon Kurzgeschichten. Waren es zuerst Kindergeschichten für ihre jüngere Schwester, wird heute meist gemordet, aber nur auf Papier. Spannend soll es sein, aber nicht blutig, gern mit einer Prise schwarzen Humors. Aber auch rührende und lustige Geschichten gehören zu ihrem Repertoire. Einige ihrer Geschichten konnte sie bereits in Anthologien und Zeitschriften veröffentlichen. Anfang 2023 erscheint ihr Kurzgeschichtenband Vergiftetes Schwesternhetz und zehn weitere Morde

Sie ist Mitglied bei den Mörderischen Schwestern und im Selfpublisher Verband.

**NEUE
LITERARISCHE GESELLSCHAFT
RECKLINGHAUSEN**

Literaturfreunde, -kenner, -liebhaber oder ganz einfach Interessierte sind immer herzlich willkommen.

Wenn Sie mehr über die Arbeit der NLGR erfahren möchten, können Sie sich im Web unter

www.nlgr.de oder **www.autorennacht.de** oder **https://de-de.facebook.com/NLG.RE**

informieren, und die Vorstandsmitglieder beantworten ebenfalls gerne Ihre Fragen:

Stephan Schröder – Vorsitzender – ☎ 02361–13152 schroeder@nlgr.de	**Dr. Claudia Kociucki** – Stellv. Vorsitzende – ☎ 01590-199 68 25 kociucki@nlgr.de
Monika Wischnowski ☎ 02361–370 45 60 wischnowski@nlgr.de	**Ralf Kropla** ☎ 0170–572 69 69 kropla@nlgr.de
Gerda Özer ☎ 0160–160 973 111 60 oezer@nlgr.de	**Monique Lütgens** ☎ 02361-18 33 11 luetgens@nlgr.de
Martina Bialas ☎ 0157-338 611 32 bialas@nlgr.de	

Die **NLGR** ist eine **Körperschaft zur gemein-
nützigen Förderung von Kunst und Kultur**,
daher kann die Gesellschaft für Spenden und
Beiträge steuerlich wirksame Zuwendungs-
bescheinigungen ausstellen.